A festa do QUADRADINHO

Tatiane Mano

Mamãe Quadrada
queria comemorar
o aniversário do filho
com uma grande festa.

Planejou a decoração do evento, encomendou pizzas, contratou DJ e alugou brinquedos.

Seu Quadrado fez uma seleta lista de convidados.

Todos ficaram muito animados com o convite!

O menino Triângulo correu para espalhar a notícia na pracinha.

A mamãe Trapézio agendou folga no consultório.

A filha Pentágono
se trancou no quarto para
ensaiar uma linda maquiagem.

O papai Losango foi ao shopping comprar um presente bem legal.

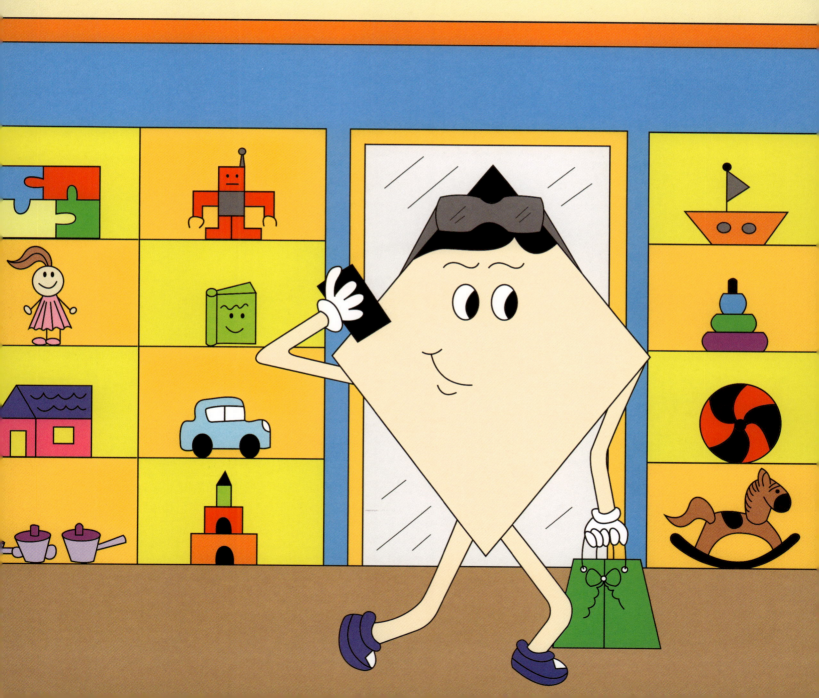

A vovó Retângulo levou a família à costureira.

Enfim, chegou o grande dia!
Mas o céu parecia esquisito...
De manhã, o Sol não brilhou.

De noite, a Lua sumiu.

Os balões estavam murchos atrás da mesa do bolo.

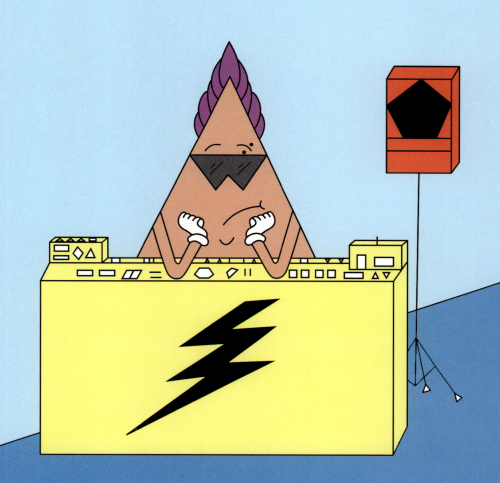

O pula-pula, o gira-gira e a piscina de bolinhas ficaram desmontados dentro das caixas.

A pizzaria não realizou
a entrega dos pedidos.

Sem dançar, sem brincar e sem comer,
os convidados sentiram falta
de uma figura bastante popular.

Seu Quadrado tentou se justificar:
– Prezados amigos, eu não convidei os Círculos porque eles são diferentes de nós. Eles têm curvas, são redondos e espaçosos.

Então, o primo Trapézio interrompeu:
– O senhor cometeu um grande erro! Nós somos especiais justamente porque temos formas diferentes.

Rapidamente, a família Quadrado se dirigiu à casa do Círculo.

Ao chegar, Quadradinho encontrou o amigo brincando sozinho no quintal e logo se juntou a ele.

Vovô Círculo apareceu:

– Boa noite, Seu Quadrado. Em que posso ajudar?

Papai Quadrado desabafou:

– Boa noite, Senhor Círculo. Gostaria de me desculpar pelo meu erro. A festa do Quadradinho só será feliz com a presença de todas as figuras.

A humildade do papai conquistou o perdão do vovô.
Foi assim que todos se uniram.

Cada um com seu jeitinho oferece ao outro amor e carinho.

Cada um com seu jeito recebe do outro amor e respeito.

Copyright© 2020 by Literare Books International.
Todos os direitos desta edição são reservados à Literare Books International.

Presidente: Mauricio Sita

Vice-presidente: Alessandra Ksenhuck

Capa, projeto gráfico e diagramação: Gabriel Uchima

Ilustrações: Tatiane Mano

Vetorização das imagens: Laís Leal Papazis

Revisão: Rodrigo Rainho

Diretora de projetos: Gleide Santos

Diretora executiva: Julyana Rosa

Diretor de marketing: Horacio Corral

Relacionamento com o cliente: Claudia Pires

Impressão: Impressul

Dados Internacionais de Catalogação na Publicação (CIP)
(eDOC BRASIL, Belo Horizonte/MG)

Mano, Tatiane.
A festa do quadradinho / Tatiane Mano. – São Paulo, SP:
Literare Books International, 2020.
23 x 23 cm

ISBN 978-65-86939-84-2

1. Ficção brasileira. 2. Literatura infantojuvenil. I. Título.
CDD 028.5

Elaborado por Maurício Amormino Júnior – CRB6/2422

Literare Books International Ltda.
Rua Antônio Augusto Covello, 472 – Vila Mariana – São Paulo, SP.
CEP 01550-060
Fone: (0**11) 2659-0968
site: www.literarebooks.com.br
e-mail: contato@literarebooks.com.br